Analyse de l'œuvre

Par Hadrien Seret et Lucile Lhoste

Germinal

d'Émile Zola

lePetitLittéraire.fr

Rendez-vous sur lepetitlitteraire.fr et découvrez :

Plus de 1200 analyses
Claires et synthétiques
Téléchargeables en 30 secondes
À imprimer chez soi

ÉMILE ZOLA

ÉCRIVAIN ET JOURNALISTE FRANÇAIS

- **Né en 1840 à Paris**
- **Décédé en 1902 dans la même ville**
- **Quelques-unes de ses œuvres :**
    - *Nana* (1880), roman
    - *Au Bonheur des dames* (1883), roman
    - *Germinal* (1885), roman

Né en 1840 et décédé en 1902, Émile Zola est considéré comme l'un des romanciers majeurs du XIXe siècle en France. Il est principalement reconnu en tant que chef de file du mouvement naturaliste, qui entend appliquer à la littérature les méthodes scientifiques expérimentales de l'époque : après observation du réel, Zola émet une hypothèse et la vérifie par expérimentation dans ses œuvres. Le cycle romanesque des *Rougon-Macquart*, la principale œuvre de l'auteur, se pose comme l'illustration de cette esthétique. Cette fresque de vingt livres connaitra un grand succès malgré de nombreuses critiques.

Zola est également célèbre pour ses prises de position, souvent sources de condamnation. La plus notoire concerne l'affaire Dreyfus où son pamphlet *J'accuse... !* (1898) contribua grandement à l'issue heureuse du procès du capitaine Dreyfus (officier français, 1859-1935).

GERMINAL

L'ÉMERGENCE DU SOCIALISME FACE À L'ESSOR DU CAPITALISME

- **Genre :** roman
- **Édition de référence :** *Germinal*, Paris, France Loisirs, 1980, 332 p.
- **1ʳᵉ édition :** 1885
- **Thématiques :** mine, travail, amour, violence, amitié, espoir, mort, socialisme, conditions de travail

Germinal est le treizième tome du cycle des *Rougon-Macquart*. Dans cette œuvre publiée en 1885, Zola s'applique à décrire la lutte de mineurs excédés par leurs mauvaises conditions de vie sur fond d'émergence du socialisme. Afin de pouvoir peindre le plus exactement possible le milieu des mineurs, l'écrivain s'est rendu à Anzin (Nord de la France) où il a partagé leur vie pendant plusieurs mois.

Les cris « Germinal ! » scandés par une troupe de mineurs de Denain lors de l'enterrement de Zola résument à eux seuls toute l'importance qu'a eue cette œuvre, tant sur le plan social que sur un plan strictement littéraire.

RÉSUMÉ

PREMIÈRE PARTIE

Machineur récemment licencié, Étienne Lantier parcourt le Nord de la France à la recherche de travail. À la faveur d'une défection, il est engagé comme herscheur (ouvrier chargé du transport du charbon sur de petits wagonnets qu'il doit pousser) à la Compagnie des mines de Montsou. Il est affecté au groupe de Maheu, le patriarche d'une famille de mineurs, composé de Chaval, son fils Zacharie, son voisin Levaque et sa fille Catherine. Cette dernière, dont Lantier tombe amoureux, est également herscheuse et l'aide à faire ses premiers pas dans l'univers minier. Étienne y découvre des conditions de travail pénibles et une tâche fatigante, le tout pour un salaire de misère, souvent revu à la baisse à cause des amendes infligées par les contremaitres. Épuisé par sa première journée, Étienne parvient à se trouver un toit chez l'ancien mineur Rasseneur, reconverti en gérant de café.

DEUXIÈME PARTIE

C'est une famille bourgeoise, les Grégoire, qui dirige la mine de Montsou. Elle est formée d'un couple et d'une fille gâtée, Cécile. Malgré la crise industrielle, les Grégoire possèdent encore de solides rentes. Alors qu'ils déjeunent, ils reçoivent la visite de Deneulin, le cousin de M. Grégoire et le propriétaire d'une autre mine.

Entretemps, la Maheude, l'épouse de Maheu, s'est résignée

à aller quémander de l'argent chez eux car elle n'en a plus suffisamment pour terminer le mois. Elle essuie un refus. Elle obtient toutefois de quoi manger chez le commerçant Maigrat, un obèse lubrique qui rêve d'avoir sa fille Catherine dans son lit. Après avoir ragoté avec ses voisines, la Maheude rentre à la maison afin de préparer le repas et l'eau pour le bain des membres de la famille. Ceux-ci reviennent, se restaurent, se lavent et sortent dans la nuit.

Au même moment, Étienne se promène dans les champs de blé, grand lieu de débauche sexuelle. Il assiste, impuissant, au viol de Catherine par Chaval et, jaloux, jure de se venger dès qu'il en aura l'occasion.

TROISIÈME PARTIE

Le temps passant, Étienne s'habitue à son travail de mineur à tel point qu'il est considéré comme le meilleur ouvrier de la fosse. Il parvient même à renouer avec Catherine, malgré sa répugnance pour le couple qu'elle forme avec Chaval.

Il fait la connaissance de son voisin de chambre chez Rasseneur : il s'agit de Souvarine, un machineur russe, partisan de l'anarchie et de la destruction complète. Étienne parle beaucoup avec lui des projets socialistes qu'il veut mettre en place pour aider les ouvriers.

Après avoir participé à la Ducasse, la fête des mineurs, Zacharie se marie et quitte les Maheu : la Maheude prend alors Étienne comme hôte pour compenser le manque à gagner. Entretemps, les idées socialistes de ce dernier ont de plus en plus de succès : une caisse de prévoyance ainsi qu'une association sont créées.

Plus tard, Maheu et Lantier vont chercher leur paie qui se révèle très mauvaise en raison des nombreuses amendes infligées. Une grève couve, nourrie par les nouvelles mesures d'économie édictées par la Compagnie. Peu après, un éboulement se produit dans la mine et un des fils de Maheu, Jeanlin, est grièvement blessé. Catherine annonce alors son départ : elle va aller vivre et travailler dans une autre fosse avec Chaval.

QUATRIÈME PARTIE

Quinze jours plus tard, la grève éclate et une délégation, composée d'Étienne, Maheu et Levaque, se rend chez Hennebeau, l'intendant de la Compagnie, alors en plein diner. Ils essaient de négocier un retour aux conditions d'antan, en vain. Peu à peu, le débrayage contamine les autres fosses et la caisse de prévoyance ne suffit plus.

Étienne fait venir Pluchart, un représentant de l'Internationale en France, pour convaincre les mineurs d'adhérer en masse au mouvement. Mais leur réunion est interrompue par l'arrivée des gendarmes. Après un nouvel échec d'accord auprès d'Hennebeau, le peuple perd la foi en la grève. Étienne parvient néanmoins à le remobiliser au cours d'une réunion secrète dans la forêt : ils iront le lendemain porter la grève à la fosse Jean-Bart.

CINQUIÈME PARTIE

Chaval, travailleur à Jean-Bart, pousse ses collègues à cesser le travail. Mais une entrevue avec son chef, Deneulin, le convainc de retourner en fosse. Alors que les ouvriers sont dans la mine, la bande d'Étienne arrive et coupe les câbles d'ascenseur. Les mineurs, obligés de sortir par les échelles de secours, sont incorporés de force au mouvement.

Malgré l'opposition de Deneulin, Jean-Bart est saccagé. Étienne, ivre, ne contrôle plus ses troupes qui s'en vont détruire toutes les fosses des alentours. En chemin, ils s'en prennent au carrosse de la bourgeoise Cécile, sauvée de justesse par Deneulin, puis pillent le magasin de Maigrat, qui est tué. L'arrivée des gendarmes finit par disperser la foule.

SIXIÈME PARTIE

Étienne, pour éviter d'être pris par la maréchaussée, est caché par Jeanlin dans une ancienne mine. La neige se met à tomber et rend la situation des grévistes encore plus difficile. Alzire, une des filles de Maheu, finit par mourir de faim. Étienne, sorti secrètement, rencontre Chaval chez Rasseneur. Un combat s'engage entre les deux hommes dont le machiniste sort vainqueur.

Pour empêcher la reprise du travail par des Borains fraichement engagés, les grévistes font une sortie et affrontent les gendarmes qui gardent le puits. Acculés, ces derniers finissent par ouvrir le feu : Maheu et d'autres sont tués.

SEPTIÈME PARTIE

À cause des derniers évènements, Étienne est détesté par tous les mineurs. Comprenant que la grève est définitivement perdue, lui et tous ses compagnons retournent travailler. Un éboulement, consécutif à un sabotage de Souvarine, le piège, tout comme Catherine et Chaval.

Les secours s'organisent à l'extérieur sans grande efficacité. Un coup de grisou, provoqué par Zacharie, aggrave la situation. Dans la mine, Lantier et Chaval s'affrontent à nouveau, et ce dernier est tué. Libérée de toute contrainte, Catherine se donne au machiniste.

Peu après, Étienne est secouru. Il quitte la mine, non sans recevoir des poignées de mains de ses collègues reconnaissants de ses actions. Il repart finalement pour Paris.

ÉTUDE DES PERSONNAGES

La trame du roman reposant sur une opposition entre les ouvriers et la bourgeoisie, il semble dès lors intéressant d'analyser les personnages principaux sous cet angle.

LES OUVRIERS

Ils partagent tous une caractéristique commune : le changement radical d'attitude.

Étienne Lantier

Héros du roman, Étienne Lantier est l'ami de Maheu et le soupirant de Catherine. Son ennemi juré est Chaval.

Licencié pour avoir été violent sous l'effet de la boisson, Étienne Lantier se présente au début du récit comme un jeune homme mélancolique et pessimiste quant à son avenir. Il désire néanmoins se relancer en acceptant le travail de herscheur qui lui est proposé.

Au contact d'une masse ouvrière qu'il ne faisait qu'effleurer auparavant, Étienne change radicalement de caractère. Il se pose peu à peu en leadeur d'une cause qu'il veut mener à bien : aider la population des mineurs à obtenir de meilleures conditions de travail. Aveuglé par cet objectif, Lantier développe une arrogance et un égoïsme qui mènent ses troupes vers une défaite dont la fusillade est le point culminant. Après l'échec de ses ambitions, il fait preuve d'un caractère lâche en assumant difficilement la responsabilité de ses actes. Ayant tout perdu dans l'attentat de Souvarine, il décide de rentrer à Paris.

Maheu

Ouvrier consciencieux, apprécié de tous, Maheu est le chef d'une famille nombreuse qu'il tente de nourrir grâce à son travail forcené. Considéré comme quelqu'un d'honnête et de pacifique malgré la difficulté du travail, le personnage change considérablement d'attitude au contact des intentions grévistes d'Étienne. En devenant le lieutenant de ce dernier, le mineur adopte un comportement violent et n'hésite pas à tout sacrifier pour conduire le débrayage à son terme.

Son licenciement conjugué à l'échec de la grève bouleverse sa mentalité : alors qu'il était bon à l'origine, il devient sauvage, ce qui causera sa perte devant l'escadron des gendarmes. Il est tué par balle en même temps que d'autres ouvriers.

Catherine Maheu

Fille de Maheu, Catherine est une adolescente docile, intelligente (c'est la seule qui sait lire et écrire dans la famille) et extrêmement mature pour son âge. Secrètement amoureuse d'Étienne, elle voit sa vie basculer le jour où Chaval la viole et la prend officiellement pour femme. Depuis cet évènement, elle lui devient entièrement soumise bien qu'elle aime encore Lantier. Elle ne redevient elle-même que lorsque ce dernier tue son prétendant. Elle se donne alors enfin à son bienaimé, avant de mourir sans avoir pu être secourue.

Chaval

Ouvrier violent et provocateur de nature, Chaval est néanmoins dépeint initialement comme une personne loyale et correcte. Il commence à nourrir une haine profonde pour Étienne car il le voit comme un rival pour la conquête du cœur de Catherine. Sa fureur, qui ne s'éteindra qu'à sa mort, le pousse à commettre les pires excès : il se montre brutal (il se bat plusieurs fois avec le héros pour le tuer et il violente régulièrement Catherine par jalousie), se livre à la corruption (en échange d'une promotion, il stoppe la grève à Jean-Bart) et va même jusqu'à la trahison (c'est lui qui prévient les gendarmes en espérant qu'Étienne soit arrêté et c'est également lui qui se fait une joie d'aller travailler avec des Borains dans la mine).

Chaval décède dans la mine : après l'éboulement et le coup de grisou finaux, coincé avec Catherine et Lantier, il se bat avec ce dernier et meurt des suites de ses blessures.

LA BOURGEOISIE

Elle est divisée en trois catégories par Zola.

La bourgeoisie aisée : les Grégoire

Les Grégoire, propriétaires de la Compagnie, sont présentés comme de riches bourgeois qui ne se préoccupent que de leur univers. Tant que la mine leur fournit un revenu suffisant, ils ne s'inquiètent pas de ce qu'il s'y passe et jouissent de leur richesse. Ils ont peur des ouvriers, qu'ils considèrent comme une race inférieure et mauvaise.

La bourgeoisie moyenne : les Hennebeau

Salariés des Grégoire, les Hennebeau ont pour rôle de veiller au bon fonctionnement de la mine. Leurs revenus élevés leur permettent de vivre comme des petits bourgeois et de fréquenter leur monde. Ils sont plus proches des ouvriers que les Grégoire, mais ils gardent tout de même leurs distances avec cette masse.

La bourgeoisie en difficulté : Deneulin

Deneulin représente le bourgeois déchu, celui qui a connu la richesse et dont l'entreprise périclite aujourd'hui. Luttant sans cesse pour la maintenir à flot malgré la crise industrielle, ce cousin des Grégoire est le bourgeois le plus proche des ouvriers et n'hésite pas à s'engager pour la sauvegarde de son emploi et de celui de ses travailleurs.

CLÉS DE LECTURE

UN ROMAN NATURALISTE

Émile Zola est le chef de file du naturalisme, un courant littéraire de la fin du XIXe siècle conçu comme un prolongement du réalisme. Il se distingue de celui-ci par la volonté de mener une recherche quasi scientifique (enquête de terrain, etc.) avant l'écriture, qui est elle-même soutenue par une documentation précise et rigoureuse. La science est donc mise au service de la littérature, qui devient le théâtre d'une expérimentation de la société jusque dans les détails les plus intimes, voire sordides. Pour sa grande fresque littéraire, les *Rougon-Macquart*, Zola s'est donné comme mission d'expliquer comment l'hérédité et l'environnement politique, social et économique, peuvent influencer plusieurs générations de personnages. Très vite, Zola s'entoure de quelques écrivains qui partagent ses convictions (Maupassant, Huysmans, Vallès, etc.) et qui se retrouvent dans sa maison à Médan. Si le groupe prend son essor autour de 1860, il décline à peine trente ans plus tard : Zola vient tout juste d'achever les *Rougon-Macquart* (le dernier volume de la série parait en 1893) et certains membres du groupe décèdent durant cette période.

Les principales caractéristiques de ce courant sont les suivantes :

- **la recherche documentaire**. Avant de commencer l'écriture de romans, les naturalistes mènent de véritables enquêtes sur le terrain afin d'engranger un maximum d'informations sur le milieu dans lequel évolueront leurs personnages. Pour élaborer *Germinal*, Zola s'est rendu dans des mines, s'est renseigné sur les conditions de vie des ouvriers, a appris les termes techniques et s'est intéressé aux grèves qui venaient tout juste de commencer dans le bassin minier d'Anzin. Cela lui a permis de décrire la mine de Montsou (imaginaire) et ses travailleurs avec beaucoup de justesse. Par le biais de *Germinal*, Zola souhaite rendre compte au public, avec force détails, d'une réalité qu'il méconnait, voire ignore totalement ;

- **l'importance du déterminisme**. Les personnages, leur caractère et leurs actions dépendent de leurs ascendants et de leur environnement de vie. Ceux de Zola héritent de leurs parents des caractéristiques morales et comportementales, ce qui explique leurs actions et, pour beaucoup, leur déchéance. Étienne est le fils de Gervaise Macquart, l'héroïne du roman *L'Assommoir* (1876), et de son amant Auguste Lantier, deux liens qui influencent fortement son caractère : il hérite de l'alcoolisme des Macquart et, sous cette influence, commet des actes de violence comme le faisait son père ;

- **l'importance des descriptions**. Extrêmement importantes pour compléter les personnages et leur environnement, elles sont très détaillées de manière à pouvoir appréhender tous les aspects de la réalité que l'auteur cherche à décrire. Il s'agit dans le cas présent des difficultés de la vie et du travail dans les mines. L'idée est d'expliquer de la manière la plus complète possible le milieu socio-culturel dans lequel évoluent les personnages. Pour nourrir son propos, Zola évoque par exemple l'histoire des mines de charbon dans le nord de la France ;

- **l'utilisation de termes techniques**. Dans un décor tel que celui des mines de Montsou, l'auteur pouvait difficilement se passer de tous les termes techniques inhérents à l'exploitation de mines ainsi que du langage des ouvriers. C'est la raison pour laquelle, durant son séjour à Anzin, il a pu collecter les données nécessaires au bon achèvement de son roman ;
- **la focalisation externe et le discours indirect libre**. Ces deux procédés permettent de distancier le narrateur des personnages. Le premier garantit l'objectivité, le narrateur ne semblant ainsi pas formuler d'appréciation sur ce qu'il se passe. Quant au second, il donne l'impression que les personnages prolongent d'eux-mêmes la réflexion et tirent leurs propres conclusions sur les évènements et leur condition, comme s'ils étaient la véritable voix de l'œuvre. *Germinal* commence par une description d'Étienne marchant dans la campagne vers Montsou. Le point de vue y est extérieur, les personnages s'exprimant également de façon externe.

Le naturalisme n'est pas exempt de critiques, et Zola, en tant que chef de file du courant, n'y a pas échappé. Lui sont notamment reprochés sa noirceur, sa vulgarité ainsi que le manque de psychologie de ses personnages. Cependant, c'est oublier que l'auteur se penche avant tout sur les réactions physiologiques, sur l'influence de l'hérédité et de l'environnement de vie. Ses personnages sont si fortement marqués par les mauvais traits de caractère et les malheurs advenus à leur famille que leur dégradation est souvent inéluctable. Ils sont le prétexte à une expérimentation du réel et sont donc avant tout là comme illustration pratique des théories physiologiques mises en œuvre. Les détracteurs de Zola y ont toutefois surtout vu une immoralité peu commune et des personnages sans épaisseur.

LES ROUGON-MACQUART

Comme il l'annonce dans la préface de *La Fortune des Rougon*, le premier tome des *Rougon-Macquart*, Zola veut utiliser chacun de ses romans comme prétexte pour pénétrer une des couches sociales de son époque. Ainsi, dans *Germinal*, il s'intéresse aux ouvriers et plus particulièrement à l'univers des mineurs en lutte contre les bourgeois.

Par ailleurs, il s'applique également à démontrer que les personnages sont déterminés par deux éléments :

- **l'hérédité**. Chez Zola, le personnage principal reçoit toujours un vice de la part de ses parents, imperfection qui justifie un comportement particulier dans certaines situations. Par exemple, Étienne Lantier hérite de l'alcoolisme de sa mère et de la violence de son père. On remarque en outre que les rares fois où le héros se laisse aller à l'agressivité, il est sous l'influence de la boisson : c'est après avoir bu qu'il gifle son employeur, geste qui l'oblige à trouver un nouvel emploi ; la plupart de ses bagarres avec Chaval se produisent après qu'il a consommé de l'alcool ; il est ivre lorsqu'il mène ses troupes au saccage des autres fosses, etc. ;
- **le milieu**. L'environnement dans lequel évolue le personnage a également un effet sur son développement. Lorsqu'il arrive à la Compagnie, Étienne a déjà côtoyé

des mineurs, mais il ne s'intéressait pas à leur sort. Son opinion change à leur contact et il se transforme en défenseur de leurs droits à travers ses idées socialistes. Dès son premier jour à Montsou, il constate la résignation de ces mineurs face à leur condition ; entrainé par son ancien contremaitre qui lui envoie des documents politiques et économiques, il découvre l'étendue des perspectives que lui offre le socialisme et commence à rallier d'autres mineurs à sa cause.

UN ROMAN ANCRÉ DANS SON TEMPS

La situation des mineurs au milieu du XIXᵉ siècle

La situation des mineurs au milieu du XIXᵉ siècle est catastrophique. À cause de la toute-puissance de la bourgeoisie, ils ne possèdent aucun droit, sont dans l'impossibilité de se défendre et se retrouvent souvent à devoir tenir des cadences infernales et à survivre malgré les baisses de salaire que leur imposent leurs employeurs.

En outre, la classe ouvrière n'a que peu de perspective. Lors de leur engagement, les ouvriers doivent en effet donner à leur employeur leur « livret d'ouvrier » qui reprend une description physique ainsi que le curriculum vitae du travailleur. Sans celui-ci, ils ne peuvent changer de travail.

Enfin, les conditions de vie des ouvriers sont précaires :

- les familles vivent souvent entassées dans une pièce ;
- le manque récurrent de nourriture et d'hygiène favorise les maladies et la mortalité ;

- le nombre élevé d'heures de travail ne permet pas de donner une éducation aux enfants qui, comme leurs parents, sont souvent illettrés ;
- la difficulté des conditions de travail favorise l'alcoolisme, fléau dans lequel bon nombre d'ouvriers dilapident leur maigre salaire.

L'émergence du socialisme et l'Internationale

Devant la misère ouvrière, de nombreux penseurs tentent de trouver des solutions : leurs théories constituent le point de départ du socialisme. Parmi toutes ces propositions, une en particulier sort du lot : il s'agit de celle présentée par Karl Marx (théoricien du socialisme, 1818-1883) dans son *Manifeste du parti communiste* (1848).

LE MANIFESTE DU PARTI COMMUNISTE

Écrit par Karl Marx et Friedrich Engels (théoricien du socialisme, 1820-1895), ce manifeste politique a été composé sur commande de la Ligue des justes, un groupe socialiste d'Allemands en exil en France. Il s'attache à analyser la société de l'époque et ses travers capitalistes, affirmant que le prolétariat doit combattre le capitalisme par le biais d'une lutte des classes. Le but est d'instaurer une société communiste dans laquelle l'idéologie bourgeoise n'aurait plus cours.

Publié en février 1848, le texte se présente comme une sorte de programme politique, bien qu'il n'existe alors pas de parti politique représentant ce courant (la Ligue des justes elle-même devient Ligue des communistes pendant la rédaction du *Manifeste*).

Il est divisé en quatre parties :

- **l'opposition entre bourgeois et prolétaires**. L'histoire n'est que luttes de classes et ces dernières n'ont jamais disparu. La bourgeoisie contrôle le marché mondial et met les ressources entre les mains de quelques puissants. Les prolétaires doivent donc s'élever contre ce système pour profiter également des ressources ;
- **le communisme**. Marx définit le communisme et s'appuie dessus pour montrer aux bourgeois la légitimité du mouvement sur plusieurs thèmes essentiels : la liberté, la propriété privée, le travail des enfants, l'éducation, etc. ;
- **le socialisme**. Cette partie décrit les divers courants du socialisme et en critique les torts ;
- **la position des communistes par rapport à leurs opposants.** La dernière partie revient sur les positions communistes et explore les perspectives immédiates du mouvement.

Le Manifeste du parti communiste est aujourd'hui mondialement connu et a servi au développement du socialisme et du communisme dès le XIXe siècle. Il est inscrit au registre « Mémoire du monde » de l'UNESCO en 2013.

Celui-ci veut faire prendre conscience aux ouvriers de leur force et les unir afin qu'ils renversent le capitalisme qui les opprime au profit d'une société qui leur serait plus avantageuse et où tout serait mis en commun.

C'est pour réunir des travailleurs acquis à sa cause que Karl Marx met en place l'Internationale, ou Association internationale des travailleurs, dont on trouve un écho dans *Germinal*.

Un traitement équitable des deux camps

À travers la famille nombreuse des Maheu, l'auteur veut mettre en évidence certains problèmes majeurs rencontrés par les mineurs :

* le personnage de Maheu souligne l'exploitation de l'ouvrier, qui ne peut rapporter assez pour nourrir sa famille malgré toute sa bonne volonté ;
* la Maheude symbolise la vie hors de la mine et la difficulté d'un quotidien de misère (marchandages incessants auprès des épiciers, impossibilité de rembourser les crédits, peur constante du lendemain, etc.) ;
* Zacharie et Catherine illustrent la problématique des mariages entre mineurs et leurs conséquences désastreuses sur l'économie familiale ;
* Alvire, Lénore et Henri permettent à l'écrivain de pointer les conditions précaires d'épanouissement des enfants en bas âge. Ils sont rarement aimés et choyés par leurs parents. Ces derniers les considèrent comme un poids à supporter et attendent impatiemment qu'ils soient en âge de travailler pour rapporter leur salaire à la maison ;
* enfin, les expéditions et les vols que commet Jeanlin après sa besogne sont une occasion pour Zola de noter

les méfaits de l'absence d'enseignement, souvent consi-déré comme d'une importance secondaire tant le besoin d'argent est important.

Même s'il se focalise sur les conditions de vie précaires des ouvriers, Zola n'en oublie pas pour autant de dépeindre les difficultés que rencontre la classe bourgeoise :

- avec la mort de leur fille Cécile, étranglée par Bonnemort (le père de Maheu), les Grégoire perdent toute joie de vivre et leur train de vie ne présente plus d'intérêt pour eux. Cet évènement peut s'assimiler à une forme de revanche des ouvriers sur ceux qui les exploitent ;
- M. Hennebeau ne vit plus que pour son travail et sa vie privée est dénuée de motifs de satisfaction. Sa femme le trompe et lui-même ne l'a plus honorée depuis dix ans. Il envie même le quotidien des mineurs qui peuvent s'aimer sans aucun scrupule ;
- à cause de la grève, Deneulin a dû revendre sa fosse à la Compagnie. Même s'il conserve un poste de consultant, il a perdu ce qui faisait son existence et sa fierté.

LES PRINCIPAUX THÈMES DE *GERMINAL*

L'amour

L'amour est une notion qui traverse et structure tout le récit. Elle est présente sous quatre formes :

- **l'amour légitime**, principalement incarné par le couple Maheu ;
- **l'adultère**, une pratique normalement réprouvée, pour-

tant acceptée implicitement par l'ensemble des mineurs (Levaque, La Pierronne) ;

- **le plaisir sexuel**, Zola insistant tout au long de l'œuvre sur l'entière liberté dont jouissent les ouvriers, qui peuvent avoir des relations sexuelles avec n'importe qui. Cette latitude est incarnée par le personnage de La Mouquette ;
- **le triangle amoureux**. Deuxième moteur du récit après la grève, la conquête amoureuse de Catherine par Étienne et Chaval est l'occasion pour Zola de montrer jusqu'où peuvent aller les protagonistes pour parvenir à leurs fins.

La violence

La violence est présentée de manière théorique et concrète :

- le concept même de violence est évoqué par l'ensemble des mineurs au travers de leurs espoirs de grève (« Il faut que ça pète », p. 151). Il atteint néanmoins son degré le plus élevé avec les propos anarchistes de Souvarine, partisan de la destruction complète ;
- la violence, qu'elle soit physique (saccages, batailles contre les gendarmes) ou verbale (disputes), tire son origine de l'impossibilité de trouver un accord avec les bourgeois. Lié à la grève et principale cause de son échec, ce déchainement s'arrête une fois que l'action est défini-tivement terminée.

La solidarité et l'amitié

Malgré la misère et les conditions de vie difficiles, les mineurs font preuve entre eux d'une très grande solidarité.

Elle se manifeste à la Ducasse ainsi qu'au moment des éboulements, où tous les travailleurs se précipitent pour sauver leurs compagnons au péril de leur vie.

L'amitié s'exprime aussi plus intimement, comme en témoigne la profonde sympathie qui unit Étienne et Maheu ou encore la tentative de Souvarine d'empêcher le machineur de rejoindre la fosse qu'il a sabotée.

La mort

La mort frappe à de très nombreuses reprises dans le roman, et ce quelle que soit la classe concernée. Les mineurs, notamment, subissent de lourdes pertes : certains meurent à la suite d'éboulements ou de coups de grisou (c'est le cas de Zacharie, mort dans la catastrophe qu'il provoque lui-même, ainsi que de Chaval et de Catherine), d'autres, comme Maheu, lors des révoltes, ou encore à cause de leurs conditions de vie, comme la petite Alzire Maheu, qui meurt de faim.

Mais ils ne sont pas les seuls à être frappés par la mort, qui atteint tout le monde sans distinction d'âge ou de classe sociale. L'épicier est tué lors de la révolte des ouvriers, mais c'est surtout le cas de Cécile Grégoire qui interpelle. Elle est tuée par Bonnemort sans préavis, à cause de son appartenance à la classe bourgeoise. C'est la seule représentante de cette classe à mourir, qui plus est de la main d'un membre de la classe ouvrière, et cela bouleverse profondément ses parents. Sa mort est symbolique de la fin d'une classe bourgeoise oisive et insouciante.

L'ESPOIR, LA CLÉ DU TITRE

S'il est vrai que le tableau dressé par Zola du milieu minier est particulièrement sombre, il n'en reste pas moins que l'auteur a voulu laisser un message d'espoir, visible dans le titre. Germinal correspond en effet au mois du printemps, saison traditionnellement considérée comme celle du renouveau dans le calendrier révolutionnaire.

Comme il le souligne dans les ultimes pages de son œuvre, Zola a permis à Étienne, par son action, de semer les germes d'un changement pour les ouvriers, changement qui ne tardera pas à venir. Le héros, arrivant à Paris au terme de l'intrigue, n'a rien perdu de ses ambitions socialistes et compte toujours aider les ouvriers. Ses anciens collègues encore vivants, restés à la mine, sont durablement marqués par les péripéties qu'ils viennent de vivre et comptent bien

améliorer leurs conditions de vie et de travail. Une vie meilleure est à venir pour les ouvriers.

PISTES DE RÉFLEXION

QUELQUES QUESTIONS POUR APPROFONDIR SA RÉFLEXION...

- La trame du roman repose sur une opposition fondamentale. Laquelle ? Expliquez.
- Les personnages de Lantier et de Maheu évoluent-ils tout au long de l'œuvre ?
- Pourquoi peut-on dire que le roman de Zola est profondément ancré dans son temps ?
- Expliquez la méthode naturaliste de Zola à partir de *Germinal*.
- Quel est le moteur du récit ?
- Quelles sont les valeurs défendues par Lantier et par les autres ouvriers ?
- *Germinal* organise le récit d'une catastrophe. Expliquez.
- Selon vous, ce roman est-il pessimiste ou optimiste ? Justifiez.
- Connaissez-vous d'autres romans qui mettent en scène le peuple ? Comparez-les à *Germinal*.
- Le but de Zola est d'arriver à une meilleure connaissance de l'homme. Qu'avez-vous appris sur l'homme tout au long de ce roman ?

Votre avis nous intéresse !
Laissez un commentaire sur le site de votre librairie en ligne
et partagez vos coups de cœur sur les réseaux sociaux !

POUR ALLER PLUS LOIN

ÉDITION DE RÉFÉRENCE

- ZOLA É., *Germinal,* Paris, France Loisirs, 1980.

ÉTUDES DE RÉFÉRENCE

- BECKER C., *Émile Zola : la fabrique de Germinal, dossier préparatoire de l'œuvre,* Paris, SEDES, coll. « Présences Critiques », 1986.
- BERNARD M., *Zola,* Paris, Seuil, coll. « Points Littérature », 1988.
- GALLOY D. & HAYT F., *De 1750 à 1848,* Bruxelles, De Boeck Wesmael, coll. « Du document à l'histoire », 1993.
- GALLOY D. & HAYT F., *De 1848 à 1918,* Bruxelles, De Boeck Wesmael, coll. « Du document à l'histoire », 1994.
- GARO I., « Manifeste du parti communiste, livre de Karl Marx et Friedrich Engels », in *Universalis,* consulté le 24 septembre 2016, http://www.universalis.fr/encyclopedie/manifeste-du-parti-communiste/
- « Naturalisme », in *Études littéraires,* consulté le 15 septembre 2016, http://www.etudes-litteraires.com/figures-de-style/naturalisme.php
- PAGES A., « Émile Zola : Bilan critique », in *Item (Institut des textes & manuscrits modernes),* septembre 2007, consulté le 24 septembre 2016, http://www.item.ens.fr/index.php?id=187040
- ZOLA É., « Préface », in *La Fortune des Rougon,* Paris, France Loisirs, 1980.

ADAPTATIONS

- *Germinal*, film d'Albert Capellani, avec Henry Krauss et Jeanne Cheirel, France, 1913.
- *Germinal*, film d'Yves Allégret, avec Jean Sorel, Berthe Granval et Claude Brasseur, France, Italie et Hongrie, 1963.
- *Germinal*, film de Claude Berri, avec Miou-Miou, Renaud et Gérard Depardieu, France et Belgique, 1993.

SUR LEPETITLITTÉRAIRE.FR

- Commentaire de l'incipit de *Germinal*.
- Commentaire du chapitre V de la cinquième partie de *Germinal*.
- Commentaire du chapitre XIV d'*Au Bonheur des dames* d'Émile Zola.
- Commentaire de l'incipit de *Nana* d'Émile Zola.
- Commentaire du chapitre VI de *Nana*.
- Commentaire portant sur la scène du bal dans *La Curée* d'Émile Zola.
- Fiche de lecture sur *Au Bonheur des dames*.
- Fiche de lecture sur *Jacques Damour* d'Émile Zola.
- Fiche de lecture sur *La Bête humaine* d'Émile Zola.
- Fiche de lecture sur *La Curée*.
- Fiche de lecture sur *La Fortune des Rougon* d'Émile Zola.
- Fiche de lecture sur *La Mort d'Olivier Bécaille* et *autres nouvelles* d'Émile Zola.
- Fiche de lecture sur *L'Argent* d'Émile Zola.
- Fiche de lecture sur *L'Assommoir* d'Émile Zola.
- Fiche de lecture sur *L'Œuvre* d'Émile Zola

- Fiche de lecture sur *La Terre* d'Émile Zola.
- Fiche de lecture sur *Le Ventre de Paris* d'Émile Zola.
- Fiche de lecture sur *Madame Sourdis et autres nouvelles* d'Émile Zola.
- Fiche de lecture sur *Nana* d'Émile Zola.
- Fiche de lecture sur *Pot-Bouille* d'Émile Zola.
- Fiche de lecture sur *Thérèse Raquin* d'Émile Zola.
- Questionnaire de lecture sur *Germinal*.
- Questionnaire de lecture sur *Nana*.

ISBN version numérique : 978-2-8062-1771-4
ISBN version papier : 978-2-8062-1284-9
Dépôt légal : D/2013/12603/325

Avec la collaboration de Lucile Lhoste pour les chapitres suivants : « Un roman naturaliste », « La mort » ainsi que pour le bon à savoir sur « Le Manifeste du parti communiste ».

Conception numérique : Primento,
le partenaire numérique des éditeurs.

Ce titre a été réalisé avec le soutien de la Fédération Wallonie-Bruxelles, Service général des Lettres et du Livre.

Retrouvez notre offre complète sur lePetitLittéraire.fr

- des fiches de lectures
- des commentaires littéraires
- des questionnaires de lecture
- des résumés

ANOUILH
- Antigone

AUSTEN
- Orgueil et
  Préjugés

BALZAC
- Eugénie Grandet
- Le Père Goriot
- Illusions perdues

BARJAVEL
- La Nuit des
  temps

BEAUMARCHAIS
- Le Mariage
  de Figaro

BECKETT
- En attendant
  Godot

BRETON
- Nadja

CAMUS
- La Peste
- Les Justes
- L'Étranger

CARRÈRE
- Limonov

CÉLINE
- Voyage au bout
  de la nuit

CERVANTÈS
- Don Quichotte
  de la Manche

CHATEAUBRIAND
- Mémoires
  d'outre-tombe

**CHODERLOS
DE LACLOS**
- Les Liaisons
  dangereuses

CHRÉTIEN DE TROYES
- Yvain ou le
  Chevalier au lion

CHRISTIE
- Dix Petits Nègres

CLAUDEL
- La Petite Fille de
  Monsieur Linh
- Le Rapport
  de Brodeck

COELHO
- L'Alchimiste

CONAN DOYLE
- Le Chien des
  Baskerville

DAI SIJIE
- Balzac et la
  Petite
  Tailleuse chinoise

DE GAULLE
- Mémoires
  de guerre
  III. Le Salut.
  1944-1946

DE VIGAN
- No et moi

DICKER
- La Vérité sur
  l'affaire Harry
  Quebert

DIDEROT
- Supplément
  au Voyage de
  Bougainville

DUMAS
- Les Trois
  Mousquetaires

ÉNARD
- Parlez-leur
  de batailles,
  de rois et
  d'éléphants

FERRARI
- Le Sermon sur la
  chute de Rome

FLAUBERT
- Madame Bovary

FRANK
- Journal
  d'Anne Frank

FRED VARGAS
- Pars vite et
  reviens tard

GARY
- La Vie devant soi

GAUDÉ
- La Mort du
  roi Tsongor
- Le Soleil des
  Scorta

GAUTIER
- La Morte
  amoureuse
- Le Capitaine
  Fracasse

GAVALDA
- 35 kilos d'espoir

GIDE
- Les
  Faux-Monnayeurs

GIONO
- Le Grand
  Troupeau
- Le Hussard
  sur le toit

GIRAUDOUX
- La guerre de
  Troie
  n'aura pas lieu

GOLDING
- Sa Majesté des
  Mouches

GRIMBERT
- Un secret

HEMINGWAY
- Le Vieil Homme
  et la Mer

HESSEL
- Indignez-vous !

HOMÈRE
- L'Odyssée

HUGO
- Le Dernier Jour
  d'un condamné
- Les Misérables
- Notre-Dame
  de Paris

HUXLEY
- Le Meilleur
  des mondes

IONESCO
- Rhinocéros
- La Cantatrice
  chauve

JARY
- Ubu roi

JENNI
- L'Art français
  de la guerre

JOFFO
- Un sac de billes

KAFKA
- La Métamorphose

KEROUAC
- Sur la route

KESSEL
- Le Lion

LARSSON
- Millenium I. Les
  hommes qui
  n'aimaient pas
  les femmes

LE CLÉZIO
- Mondo

LEVI
- Si c'est un
  homme

LEVY
- Et si c'était vrai…

MAALOUF
- Léon l'Africain

MALRAUX
- La Condition humaine

MARIVAUX
- La Double Inconstance
- Le Jeu de l'amour et du hasard

MARTINEZ
- Du domaine des murmures

MAUPASSANT
- Boule de suif
- Le Horla
- Une vie

MAURIAC
- Le Nœud de vipères

MAURIAC
- Le Sagouin

MÉRIMÉE
- Tamango
- Colomba

MERLE
- La mort est mon métier

MOLIÈRE
- Le Misanthrope
- L'Avare
- Le Bourgeois gentilhomme

MONTAIGNE
- Essais

MORPURGO
- Le Roi Arthur

MUSSET
- Lorenzaccio

MUSSO
- Que serais-je sans toi ?

NOTHOMB
- Stupeur et Tremblements

ORWELL
- La Ferme des animaux
- 1984

PAGNOL
- La Gloire de mon père

PANCOL
- Les Yeux jaunes des crocodiles

PASCAL
- Pensées

PENNAC
- Au bonheur des ogres

POE
- La Chute de la maison Usher

PROUST
- Du côté de chez Swann

QUENEAU
- Zazie dans le métro

QUIGNARD
- Tous les matins du monde

RABELAIS
- Gargantua

RACINE
- Andromaque
- Britannicus
- Phèdre

ROUSSEAU
- Confessions

ROSTAND
- Cyrano de Bergerac

ROWLING
- Harry Potter à l'école des sorciers

SAINT-EXUPÉRY
- Le Petit Prince
- Vol de nuit

SARTRE
- Huis clos
- La Nausée
- Les Mouches

SCHLINK
- Le Liseur

SCHMITT
- La Part de l'autre
- Oscar et la
  Dame rose

SEPULVEDA
- Le Vieux qui
  lisait des romans
  d'amour

SHAKESPEARE
- Roméo et Juliette

SIMENON
- Le Chien jaune

STEEMAN
- L'Assassin
  habite au 21

STEINBECK
- Des souris et
  des hommes

STENDHAL
- Le Rouge et
  le Noir

STEVENSON
- L'Île au trésor

SÜSKIND
- Le Parfum

TOLSTOÏ
- Anna Karénine

TOURNIER
- Vendredi ou
  la Vie sauvage

TOUSSAINT
- Fuir

UHLMAN
- L'Ami retrouvé

VERNE
- Le Tour
  du monde
  en 80 jours
- Vingt mille
  lieues sous
  les mers
- Voyage au
  centre de
  la terre

VIAN
- L'Écume des jours

VOLTAIRE
- Candide

WELLS
- La Guerre des
  mondes

YOURCENAR
- Mémoires
  d'Hadrien

ZOLA
- Au bonheur
  des dames
- L'Assommoir
- Germinal

ZWEIG
- Le Joueur
  d'échecs